棄貓

關於父親，我想說的事

取扱
注意

目次

我還記得父親的事。

當然父親的事，我記得很多。畢竟在這世上，自從呱呱墜地到十八歲離家為止，既然是父子，在不算寬大的家中，同一個屋簷下，當然每日生活起居都在一起。我和父親之間——可能如同世上大多數的親子關係——有快樂的事，也有不太愉快的事。不過到現在我腦子裡浮現得最鮮明的，不知怎麼卻都不是這些，而是日常隨處可見的光景。

例如有這樣的事情。

住在夙川（兵庫縣西宮市）的時候，我們曾經到海邊去拋棄一隻貓。不是小貓，而是已經成年的母貓。為什麼那麼大的貓還要去拋棄呢？我不太記得了。畢竟我們住的是有庭院的獨棟住宅，要養一隻貓其實是有足夠空間的。或許是因為來到我們家住下來的野貓肚子大起來，父母考慮到再沒有餘力去照顧那些小貓吧。不過這方面的記憶不是很明確。不管怎麼說，當時拋棄貓，與現在相比是一件很平常的事，並不是會遭人背後指點的行為。因為那個時代誰都沒想到要特地讓貓接受結紮手術。記得那時候我才上小學低年級。應該是昭和三〇年代初吧。我們家附近，還留有戰時受到美軍轟炸，變成廢墟的銀行建築物。那是個還留有戰爭傷痕的時代。

總之，那個夏天的下午，父親和我去海邊拋棄那隻母貓。父親踩著腳踏車，我坐在後座抱著裝貓的箱子。沿著夙川去到香櫨園海濱，把裝貓的箱子放在防風林裡，頭也不回立刻回家。家和海濱之間估計大約有兩公里的距離。當時海還沒被填成新生地，香櫨園海灘是個熱鬧的海水浴場。海水很潔淨，一到暑假，我幾乎天天和朋友一起去那海濱游泳。那時候到海邊游泳，家長們似乎都不在意。所以我們自然地變得很會游泳。夙川有很多魚。我們也曾在那河口捕到一條很不錯的鰻魚。

父親和我在那香櫨園海濱把貓放下，說聲再見，就騎著腳踏車回到家。然後下了腳踏車，心裡正想著「真可憐，不過也沒辦法啊！」喀啦一拉開玄關門時，剛剛才拋棄的貓竟然「喵」地一聲，豎起尾巴撒嬌地迎向我們。牠已經搶在前面早回到家了。我實在想不通，為什麼能這麼快回來。畢竟我們是騎腳踏車直接回家的啊。父親也無法理解。所以一時之間我們兩人都說不出話來。

我現在還清楚記得當時父親驚呆的表情。不過那驚呆的表情，漸漸轉為一臉佩服，最後變成多少有點鬆一口氣的樣子。於是我們後來就繼續飼養那隻貓。因為牠既然那樣努力回到我們家來，總不能不養啊。也就想開了。

我們家經常養著貓。我覺得我們跟這些貓都相處得很好，親密地生活在一起，而且這些貓經常都是我的好朋友。因為我沒有兄弟姊妹，所以貓和書就是我最重要的夥伴。我最喜歡在簷廊（那個時代的房子大多附有簷廊）和貓一起曬太陽。既然這樣為什麼又非要到海邊把貓拋棄不可？這件事我為什麼沒有提出抗議？那是——和貓為什麼比我們先回到家這件事並列——對我而言，依然是一個謎。

我還清楚記得父親另一件事（順帶說明，村上千秋是父親的名字）。

那是每天清晨，早餐前，他會在佛壇前長時間，閉著眼睛專心念經的事。不，那不能稱為佛壇。只是收放著菩薩的小玻璃罩。雕刻得很精美的小菩薩，放在圓筒形玻璃罩的中央。我不知道那後來怎麼樣了。父親過世後，就沒看過那菩薩。好像不知不覺間就不見了，如今只留在我的記憶中。父親每天早晨為什麼不面對一般正式佛壇，而要面對那小玻璃罩念經呢？那也是我不明白的事情之一。

但總之，那對父親來說，已經成為意味著一天開始的重要習慣。就我所知他從來沒有一天怠忽過那「日課」（父親這樣稱呼），誰也無法妨礙他那每天的行為。而且父親背後，似乎散發著不好隨意向他出聲叫喚的嚴肅氣氛。其中有無法以「日常習慣」這簡單字眼解決的，不尋常的——我覺得——強大的專注力。

我小時候，曾經問過他一次，是為誰念的經。他說，為了在之前的戰爭中死去的人。為了死去的同袍，和當時是敵方的中國人。除此之外父親沒再說明什麼，我也沒再多問。我想當時可能有讓我無法繼續多問的什麼——類似當場的氣氛。但我覺得父親自己並沒有阻攔。如果我問的話，他很可能會說明。但我沒有問。可能反而是我自己心中，有什麼阻止我那樣做。

關於父親我有必要先做一番說明。父親是京都市左京區粟田口名為「安養寺」的淨土宗寺院住持的次男，生於大正六年（一九一七年）十二月一日。或許只能說是不幸的世代。剛開始懂事時，經歷短暫的和平時代，大正民主便已告結束，進入昭和沉滯黯淡的經濟蕭條，不久之後便陷入泥沼的對中戰爭，又被捲入悲慘的第二次世界大戰。加上戰後的混亂和貧窮，不得不拚命掙扎著生存下去。父親曾和大家相同背負著及其不幸世代的渺小一角。

他的父親，也就是我的祖父村上弁識，原本是愛知縣農家的兒子，但生為長男以外的男孩之一，安生之計就是被送

去附近的寺院去當修行僧。他似乎是個表現還算優秀的孩子，在各處的寺院當小和尚與見習僧累積了修行實績後，終於被獲派為京都安養寺的住持職務。安養寺是京都擁有四、五百家施主，相當大的寺院，因此可以說相當有成就吧。

高濱虛子造訪該寺時，詠過這樣的俳句：

「安養寺山門 喜見護生草[1]」

山門のぺんぺん草や安養寺

1 ぺんぺん草：薺菜，又名護生草。

我因為成長在阪神間的區域，難得有機會造訪父親老家這京都的寺院，祖父又在我還小的時候就過世，因此我不太記得他的事情。但他似乎是一位自由豁達的人，以飲酒豪放甚至醉酒聞名。人如其名[2]能言善道，以僧侶來說算是能力強的，似乎頗具人望。在我的記憶中，一眼見到他，就覺得他豪放磊落，說話聲音宏亮清澈，具有一種領袖氣質，很有威嚴。

祖父有六個兒子（一個女兒也沒有），雖然一輩子很健

2 祖父名弁識。弁：日文中有口才之意。

康硬朗，但一九五八年八月二十五日早晨，八點五十分左右，在連接京都（御陵）和大津的京津線山田，正要穿越平交道時，竟被電車撞死。在東山區山科北花山山田町（當時的地址）無人看守的平交道。正好遇上大颱風侵襲近畿地區的日子（那天，東海道線也有部分不通），正下著激烈的豪雨，祖父撐著傘，可能沒看見轉彎駛來的電車。耳朵可能也有點重聽。不知為何，在我的記憶中，祖父是死在颱風夜，去拜訪施主後回家途中，可能喝了一點酒，但試著查了當時的報紙報導，說法卻完全不同。

記得接到祖父去世消息的那一夜，母親哭著拉著急著正要從夙川家裡趕回京都的父親，哀求「請你一定要明確拒絕繼承京都的寺院噢」。我當時雖然才九歲，但那情景還清楚烙印在腦子裡。就像從前在電影院看過的黑白電影中，印象深刻的一幕那樣。父親面無表情，只沉默地點頭而已。雖然沒有任何具體的表示（至少我什麼都沒聽到），但我想當時父親已經下定決心。可以感覺到那種氣氛。

就像前面敘述過的那樣，父親有五個兄弟。其中三個當過兵，但不知該說是奇蹟或是幸運，全都沒有受到大傷倖存平安的迎接終戰。一人在緬甸戰線置身生死交界邊緣，一人是從預科練特攻隊，父親也是勉強從九死一生中脫身（詳情容後再述），雖然如此總算全都保住性命。而且就我所知，六個孩子大體上，多少都擁有僧侶資格。孩子們全都受過這樣的教育。何況，我父親還取得了「少僧都」[3]的資格。以僧侶的位階來說，大約屬於中下，以軍階來說大約相當於少尉。每逢夏季盂蘭盆會時，兄弟全都會聚集到京都住下，分頭去各施主家拜訪，已成習慣。而且到了夜裡會大家聚集在一起喝個痛快。似乎都繼承了喜歡喝酒的血統。我在那個時

3　少僧都：淨土宗僧侶分為六級，少僧都是第五級。

期也跟父親到過京都幾次，盛夏時京都之熱實在讓人吃不消。穿著法衣無論騎腳踏車或徒步，一一走訪施主家，應該是非常嚴酷的工作。

所以祖父弁識去世時，要由誰來繼承寺院，成為迫切的大問題。兒子們幾乎都分別成家，也各自擁有職業了。老實說，誰也沒有預想到祖父會這麼早就忽然過世，名副其實真是青天霹靂。因為祖父去世時才七十歲，還生龍活虎元氣十足，眼前還看不出會離開人世。如果不是在颱風天早晨被路面電車撞到……的話。

祖父去世後，我不知道六兄弟之間是如何談的。長男已經在大阪的稅務署上班當到組長；身為次男的父親在阪神間的甲陽學院初高中直升的私立學校擔任國語教師。其他兄弟或當教師，或還在佛教系大學就讀。六兄弟中有兩人當養子改了姓。無論如何談到最後，仍然沒有人主動表示「那麼由我來繼承這寺吧」。大家都非常清楚，要繼承京都這麼大的寺院，並不是一件簡單的事，對家人也會造成一大負擔。而且留下的祖母還很健朗，性格相當嚴厲，自己的太太要做好媳婦伺候婆婆，怎麼看都不簡單。何況我母親是以大阪船場傳統商家（戰爭中被轟炸燒毀）的長女成長的，自然是喜歡豪華的人，因此怎麼想都不適合當京都寺院家的媳婦。成長的文化背景差異太大。難怪她會哭求父親千萬不要。

而這只是我的擅自推測，縱使大家沒有說出口，但感覺得到周遭那股曖昧的整體氛圍，或者是家族全體暗自的期待，我父親繼承住持的位子可能是最妥當的人選。我想起祖父去世那一夜，母親拚命向父親哭求的口氣，就不由得有這種感覺。身為長男——也就是我伯父——村上四明本來好像期望成為獸醫。但因為種種事情，結果戰後到稅務署去上班，至少似乎早就沒什麼打算當僧侶的意願。

我父親，從兒子我的眼裡看來，本質上很認真，也算是個責任感很強的人。在家裡有時候，尤其是喝了酒時，會變

得相當彆扭、鬱悶，平常則展現健全的幽默感。也擅長在人前說話。我想在各種意義上，可能不怎麼適合當僧侶。雖然繼承到祖父豪放磊落的一面（算是比較神經質），外表和談吐印象溫厚，能帶給人安心感，似乎也擁有自然的信仰心。我認為這一部分——指的就是性格基本上適合成為僧侶——他自己也很清楚。

父親原本打算想留在研究所當學者，但腦子裡可能也有走向僧侶之路的第二選擇。我推測，他如果是單身的話，對自己繼承住持這件事，可能就不會那麼抗拒。但那時他有必須保護的對象——自己的小家庭。在那個家族會議的場面，父親苦澀的表情似乎浮在我的眼前。

但最終則是長男，也就是我伯父村上四明，辭去稅務署的工作，和家人一起搬進寺院，繼承了安養寺的住持。而且他的兒子，也就是我的堂兄純一，現在繼承了住持的職位。父親六兄弟，包括父親在內都已經過世。最後的叔父——從預科練回來的叔父——幾年前才過世。他是一個在京都的路上，看到右翼的街頭宣傳車，還會對年輕人說教「你們就是不知道真正的戰爭，才會這樣隨便亂講……」的人。

據純一說，最後是四明接下了長男的責任，或是說順從命運，答應擔任安養寺的住持。或者說不得不答應。可能當時施主的力量也比現在強得多，有不容許擅自決定的氣氛吧。

父親小時候，好像曾經被送去奈良某寺院當過小和尚。可能包括去當那裡的養子。不過那件事情父親從來沒有對我提過。父親本來就不是喜歡多談自己身世之類事情的人，尤其是那件往事，從不曾對我，或任何人提起。我這麼認為。那件事情我是從堂兄純一那裡聽來的。

在孩子多的情況下，為了減少口數，把長子以外的孩子送出去當養子，或寄到某個寺院當見習小和尚，在當時並不是稀奇的事，祖父弁識正是如此。但被送到奈良的某寺之後，不久父親又被送回京都。表面上的理由是因為寒冷影響健康，但無法順利適應新環境似乎也是很大的原因。被送回老家之後，父親從此沒再被送走，一直在安養寺，以雙親的孩子很平常地長大。但我可以感覺到那經驗對父親少年時代的心，似乎留下很深的傷痕。雖然沒有什麼具體根據，但父親身上好像有這種氛圍。

我忽然想起，發現應該已經遺棄在海邊的貓比我們先回到家時，父親由驚訝轉為佩服的表情，然後再轉為像是鬆一口氣的模樣。

我沒有這種體驗。我以一個極平凡家庭的獨生子，被比較珍惜地扶養長大。所以被父母「捨棄」這種暫時性的體驗，會對孩子的心理造成多大的傷害，具體上感情上我無法理解。只能在頭腦裡想像「也許是這樣」。但這種記憶是不是可能化為眼睛看不見的傷痕，即使那深度和形狀改變了，到死都還糾纏不去呢。

我讀法國電影導演楚浮的傳記時得知，楚浮幼年時也和雙親分離（幾乎被當累贅般拋棄），有過被外人收養的經驗。因此楚浮一生把這「被遺棄」作為主題，透過作品持續追究。人可能或多或少都擁有無法遺忘，而且實情無法以言語向別人傳達的沉重經驗，可能會在無法完全說清之間活著，然後死去。

京都的淨土宗寺院分為知恩院派和西山派，蹴上的安養寺屬於西山派。或正確說，或許把淨土宗西山派和淨土宗知恩院派視為各自擁有獨立教義的不同教團比較好。（要以言語說明那教義的差異，連專家都很難辦到）。西山專門學校是附屬於長岡京市光明寺的學校，現在改名為京都西山短期大學，開有幾門課程，過去是專門學習佛教的教育機構。要

THIS WAY UP
取扱
注意

成為寺院住持，必須在這裡接受專門教育，在鄰接的光明寺中修行三星期（其中還包括在那裡寒冷季節每天要從頭上淋三次冷水）才能取得僧侶資格。

我父親在一九三六年從舊制東山中學畢業，十八歲進入西山專門學校。本人雖然還沒有打算好未來希望朝什麼方向前進，但以寺院住持的兒子，似乎除此之外沒有其他選擇餘地。因此在畢業前的四年間，有權利延緩兵役，但因為忘記辦理正式事務手續（據他本人說）。所以在一九三八年八月，二十歲時，在學業途中被徵召入伍。雖然只是行政程序上的疏忽，但程序一旦進入這個階段，就無法說「對不起，是我疏忽」就能更改的。所謂官僚組織，軍隊組織就是這樣。公文就是一切。

父親被分發的部隊是隸屬第十六師團（伏見師團）的步兵第二十連隊（福知山）。福知山的連隊本部，現在成為陸上自衛隊・第七普通科連隊的駐屯地，門柱上還掛著「步兵第二十連隊」的牌子。舊軍時代的建築物幾乎仍以原來的狀態留下來，現在成為「史料館」。

第十六師團是以步兵第九連隊（京都）、步兵第二十連隊（福知山）、步兵第三十三連隊（三重縣津）這三個連隊為基礎所組成的。京都市內出身的父親為什麼不是分發到本地的第九連隊，而是遠方的福知山部隊，相關的原因並不清楚。

……我一直以為是這樣，但試著查過之後發現，事實上似乎並非如此。父親所屬的並非步兵第二十連隊，而是同樣隸屬第十六師團的輜重兵第十六連隊。而且這個連隊不在福知山，是屬於駐屯在京都市內深草・伏見的司令部。那麼我為什麼會以為父親所屬的是福知山的步兵第二十連隊，理由容後再述。

總之就這樣，由於認定父親隸屬於第二十連隊，所以我拖了很長的時間才去詳細調查，或是說下定決心調查父親的軍歷。父親死後大約五年，我一邊想著必須去做，卻一直無法著手去調查。

為什麼呢？

因為步兵第二十連隊，是攻陷南京時，以率先進城聞名於世的部隊。提到京都出身的部隊，總覺得印象應該是安靜穩重的（實際上常被調侃為「天皇近侍的貴族」部隊」），意外的是，這個部隊的作為總是被評為特別血腥。我長久以來就懷疑或許父親就屬於這部隊的一員，參加過南京攻略戰，因此一直沒有心情去具體調查他的從軍紀錄。而且父親仍在世時也沒有心情直接去詳細詢問戰爭中的事。於是就在什麼也沒問之下，而且在什麼也沒說之下，父親於平成二十年（二〇〇八年）八月，因移轉多處的癌症和重度糖尿病，於九十歲在京都的西陣醫院斷氣。在與病痛苦鬥數年之後身體已相當衰弱，但意識、記憶和說話到最後一直都很清楚。

父親在一九三八年八月一日入伍。步兵第二十連隊，打頭陣攻進南京城以英勇馳名是在前一年，三十七年的十二月，相差一年，因此父親並沒有參加南京戰。知道這件事之後，我忽然鬆一口氣，感覺像放下心頭的一塊大石頭。

第二十連隊在南京戰之後，繼續在中國各地進行激烈的戰鬥。翌年五月攻陷徐州，經過激烈的戰鬥之後攻進武漢，並乘勝進擊往西推進，在華北仍不休止地繼續戰鬥。

父親以輜重兵第十六連隊的特務二等兵，於一九三八年十月三日由宇品港乘運輸艦出港，六日於上海登陸。登陸後可能與步兵第二十連隊一起行軍。根據陸軍的戰時名簿，被賦予的主要任務除了補給・警備之外，並參加過河口鎮附近的追擊戰（十月二十五日），漢水的安陸攻略戰（翌年三月十七日），襄東會戰（四月三十日至五月二十四日）。

試著追蹤足跡後得知，那移動距離非常驚人。機械化程度不高，燃料補給也不充分的戰鬥部隊——馬幾乎是唯一的動力——卻能前進到這樣的距離，想必是非常辛勞的苦行。

戰場上補給趕不上，糧食彈藥慢性不足，衣服破破爛爛，在不衛生的環境之下，從霍亂開啟的各種疫病逐漸蔓延，狀況可以說非常嚴重。由於欠缺牙醫，許多士兵為蛀牙苦惱。以日本有限的國力，要壓制廣大的中國大陸根本就不可能。即使能以武力鎮壓一個又一個都市，但要維持整個地區的占領狀態，現實上卻不可能。

讀了當時第二十連隊士兵們所留下的手記，可以深深感受到他們當時所處狀況之悲慘。其中有人坦白證言很遺憾但確實有殘殺行為，也有人強烈主張完全沒有那種事，純屬虛構。但無論如何，二十歲的父親身為一個輜重兵，被送進了那樣血腥的中國大陸戰線。附帶說明，所謂輜重兵是執行補給作業的士兵，主要任務在專門照顧軍馬。對於當時汽車和燃料都不足的日本軍來說，馬是重要的運輸工具，恐怕比士兵更重要。輜重兵基本上不直接參加前線的戰鬥，但並不是說因此就安全。由於輕度武裝（大多只攜帶刺刀而已），很多人被繞到背後的敵人襲擊，受到重大傷害。

父親進入西山專門學校後隨即對俳句產生興趣，加入類似同好會的社團，從當時開始留下許多作品。以現在的說法就像對俳句「著魔」似的。有些在軍中所寫的一些句子，被刊登在西山專門學校的俳句雜誌上。可能是從戰地郵寄回學校的。

「候鳥啼切切 故國近在前」

鳥渡るあああの先に故國がある

「是兵亦是僧 合掌對月祈」

兵にして僧なり月に合掌す

我不是俳句專家，無法評斷這些作品的水準如何。卻不難想像寫這樣詩句的二十歲文學青年的模樣。因為支撐這些作品的不是作詩的技巧，而是澈底坦誠的心情。

他在京都山中的學校學習成為僧侶。是真誠地用功學習。但因為程序上的一點疏失而被徵召入伍，接受嚴格的新兵訓練，被配發三八式步槍，搭上運輸艦，被送進持續激烈戰鬥的中國戰線。部隊以拚命抵抗的中國兵和游擊隊為對象，無暇休息地持續轉戰。一個一切都與和平的京都深山寺院完全相反的世界。在那裡想必精神陷入極大的混亂、動搖，靈魂遭遇激烈的掙扎。在那之中，父親似乎只有從靜靜寫作俳句中找到安慰。如果以平常文字寫信可能會立刻被檢

查出來扣留的事情和心情，或許可以寄託俳句的形式——以象徵性的暗號和表現手法——更坦率而誠實地吐露出來。那對他來說，或許成為唯一重要的逃避場所。父親後來依然持續繼續創作俳句。

有一次父親好像對我吐露心聲似地告訴我，自己所屬的部隊，將俘虜的中國兵處死的事情。我並不知道，他是在什麼情況下，什麼樣的心情下，對我說那件事的。因為那是很久以前的事，前後的狀況並不明確，記憶是孤立的。我當時才小學低年級。父親淡淡地說著當時處刑的情況。中國兵，即使知道自己即將被殺了，既不掙扎，也不害怕，只是一直閉著眼睛安靜坐在那裡，然後被斬首。真是令人敬佩的態度，父親說。他好像對被斬殺的那位中國兵——可能一直到他去世為止——仍繼續深深懷著敬意。

同一部隊的同袍在他執行處決時，只是讓他們旁觀，或讓他們參與更深，這些我並不清楚。我的記憶一片模糊，或許父親本來就用曖昧的說法，但現在也已經無從確認了。無論如何，我覺得應該可以確定的是那件事在他心中——既是士兵又是僧侶的靈魂深處——留下巨大的疙瘩，似乎可以確定。

這段時期在中國大陸，為了讓士兵習慣殺人行為，命令新兵和補充兵，處決成為俘虜的中國兵，似乎並不稀奇。吉田裕所寫的《日本軍兵士》（中公新書）有如下的文章。

（一九三八年末到三九年，擔任騎兵第二八連隊長的藤田茂回憶，當時對連隊的全體將校訓示「為了讓士兵習慣戰場，殺人是最快的方法。換句話說是練膽量。這可以使用俘虜。預定四月會補充新兵，務必快製造機會讓新兵適應戰場，變得強悍才行」。「這時用刀要比用槍更有效果。」）

殺害無抵抗能力的俘虜，當然是違反國際法的非人道行為，但對當時的日本軍而言似乎是理所當然的想法。首先當時的日本軍戰鬥部隊，抓到俘虜就沒有餘裕去照顧他們。從一九三八到三九年，說起來正好是父親成為新兵被送進中國大陸的時期，低階士兵被強迫做出那樣的行為，也絕不奇怪。那些處刑似乎大多是用刺刀突刺，我記得父親說過，那時殺人用的是軍刀。

無論如何父親的那段回想，用軍刀砍人頭的殘忍光景，不用說自然強烈烙印在我幼小的心靈。成為一個情景，說得更進一步的話，成為一種擬似體驗。換句話說，長久以來在父親的心中那沉重壓著的東西——借用現代語來說就是心理創傷——身為兒子的我可能也繼承了部分。人心的聯繫說起來就是如此，所謂歷史也是這樣。那本質存在於所謂〈傳承〉的行為，或在儀式之中。那內容無論是多麼不愉快，令人不忍卒睹的事情，人們都不得不把那當成自己的一部分承接下來。要不然，所謂歷史這東西的意義又何在？

父親幾乎沒提過在戰場的體驗。無論是自己下手的事，或只是目擊的事，恐怕既不願意去回想，也不願意說吧。唯獨這件事，就算會在雙方心中留下傷痕，可能覺得必須以某種形式，留話給身為延續血緣的兒子我吧。當然這只不過是我的猜測而已，但我真的不由得有這種感覺。

第二十連隊於一九三九年八月二十日，從中國撤回日本。於是父親就那樣結束一年的兵役，回西山專門學校復學。緊接著德軍於九月一日進攻波蘭，歐洲爆發第二次世界大戰。世界迎接動盪時期。

當時，收到徵召的常備兵在營期間是二年，我不知道父親的役期為什麼一年就結束兵役。原因之一可能因為事實上他還是現役的學生。

從結束兵役復學之後，父親似乎仍熱情地繼續寫俳句。

「喚鹿齊唱　希特勒青年團」（四十年十月）

鹿寄せて唄ひてヒトラユーゲント

這可能是把希特勒青年團到日本親善友好訪問時的事，寫成句子。當時納粹德國是日本友邦，歐洲戰爭進行順利，一方面則是日本尚未對英美開戰。我不知道為什麼個人私下喜歡這一首。歷史的一個光景——在一個小角落的光景——從有點不可思議的、不太尋常的角度切取。遠方血腥戰場的空氣，和鹿群（應該是奈良的鹿）的對比印象很特別。訪問日本享受片刻樂趣的希特勒青年們，後來或許也在嚴冬的東部戰線捐軀了。

「今逢一茶忌　悲句悠婉誦」（四十年十一月）

一茶忌やかなしき句をばひろひ読む

這一首也有吸引人心的地方。在詩句的背後，可以窺見其中有極其靜謐的、安穩的世界。但要等那水面平靜下來，可能需要一段時間。這種莫名的、不穩的、混亂的餘韻。

父親本來就是喜歡學問的人，也有用功讀書是生活的意義般的想法。愛好文學，當上教師之後仍經常一個人讀書，家中總是充滿了書。我或許也受到影響，從十幾歲開始變得非常喜歡讀書。他學生時代成績也相當好，一九四一年三月以優異的成績從西山專門學校畢業，之後進入京都帝國大學文學部文學科就讀。當然通過了入學考試，不過要從致力於佛教教育和修行的佛教專門學校，轉換到京都帝國大學，應該絕對不是簡單的事。

母親常對我說「你父親是個頭腦很好的人。」我不知道父親實際上有多聰明。當時不知道，現在也不知道。或者說，我對這種事不太關心。可能對從事我這種職業的人而言，頭腦好壞，並不是什麼大問題。在這裡，一顆自由的心及敏銳的感覺，要比聰明更為重要。因此以「頭腦好壞」的價值標準去衡量一個人的情形——是幾乎不存在的，至少以我的情況是這樣。這部分和學術的世界相當不同。不過暫且不提這個，父親的學業成績始終是優秀的，只有這點似乎沒錯。

相較之下很遺憾（應該這麼說吧），我對學問這東西根本就不太感興趣，學校成績始終不太亮眼。喜歡的東西會澈底熱情地追求，不喜歡的東西幾乎不關心，這樣的性格從以前到現在都沒有改變。因此當然，從小學到高中，我的學業成績，雖然不至於太差，但也絕對不會讓周圍的人佩服。

MC

而這件事，似乎讓父親相當失望。看到我說不上勤勉的生活態度，和自己年輕時代比起來，恐怕會覺得「生在這麼和平的時代，沒有任何干擾，可以盡情用功讀書，怎麼就不認真一點努力學習呢？」而感到可惜吧。我想他是希望我能夠名列前茅的。於是，自己在時代的妨礙下無法達到的人生，希望我能代替他達到。為了這個，他不惜付出任何犧牲，我想他應該有這種心情。

但我無法滿足父親那樣的期待。因為我實在不願意把心只專注放在功課上。學校的課業大多很無聊，教育體系太單一、太壓抑。因此父親漸漸對我感到慢性的不滿，而我則開始漸漸感到慢性的痛（含有不自覺憤怒的痛）。我在三十歲以小說家出道時，父親似乎因此為我感到非常高興，但在那個時間點我們的親子關係已經變得相當冰冷了。

我到現在，到這個現在依然，一直讓父親失望，違背他的期待，這種心情——或那殘渣般的東西——依然繼續存在。雖然超過某個年齡之後，就會覺得「算了，每個人各自擁有不同的特色。」而看開，但對十幾歲時的我來說，那怎麼看都實在稱不上舒適的環境。當時有一種模糊的內疚似的感覺糾纏著我。到現在我有時還會夢見正在學校考試。考卷上的題目，我一題都答不出來。在一籌莫展的情況下，時間

一分一秒過去。如果這考試不及格的話，我的處境會非常糟糕……這樣的夢。然後多半是流了滿身汗醒過來。

不過對當時的我來說，與其趴在書桌猛寫習題，考試時能拿到稍好的成績，不如讀很多自己喜歡的書，聽很多喜歡的音樂，到外面去運動，跟朋友打麻將，或跟女朋友約會，感覺更加重要。當然現在可以肯定地斷言，那是正確的。

或許我們都只能各自呼吸不同世代的空氣，背負各自固有的重力活下去。而且只能在那框架的趨勢中成長下去。沒有好或壞，那是自然的過程。就像現在年輕世代的人，不斷挑戰父母世代的神經一樣。

話說回來。

父親在一九四一年春天從西山專門學校畢業之後，那年九月底又接到臨時召集令。於是在十月三日再度入伍。報到的部隊是步兵第二十連隊。後來，又被編入輜重兵第五十三連隊。

一九四〇年，第十六師團改調為固定駐紮在滿洲，取而代之的則是以留守第十六師團為基礎在京都師團編組成第五十三師團，而輜重兵第五十三連隊也編入該師團所屬的輜重兵部隊（順便一提，在戰爭末期水上勉也曾隸屬於這輜重兵第五十三連隊）。恐怕是因為那樣急速改編和移防所帶來的混亂，父親才會被福知山部隊徵召吧，而我是聽了當時的說法，便以為父親從第一次召集時開始就一直在福知山服役。

這第五十三師團在戰爭末期的一九四四年被派遣到緬甸，參與因帕爾作戰，同年十二月開始至翌年三月又投入以英國聯邦軍為對象的伊洛瓦底會戰，被逼進接近全滅的地步。輜重兵第五十三連隊主力也隨同師團，都參與了這次激烈的戰鬥。

父親的俳句老師，俳人鈴鹿野風呂（一八八七～一九七一年曾師從高濱虛子學過，是「杜鵑」俳句雜誌的同人。在京都有「野風呂紀念館」）的「俳諧日誌」一九四一年九月三十日項中有以下記述。

〈回程，再度逢雨踏著泥濘（中略）。回去將有千秋軍事公用。留下記述二度御盾國之秋　千秋〉

所謂「軍事公用」可能是指收到兵役動員召集通知的郵件。俳句的意思是「身為男子的我，國家遭逢大事，理當成為二度之盾」。在當時的狀況下，可能唯有詠出這樣的愛國詩句吧，儘管如此，尤其「二度」這用語背後，難免帶有某種無奈的心情。本人或許希望身為學究過著安靜的生活，但時代激流中卻不容許他有那樣的奢求。

然而該說是意外的發展吧，收到召集令僅僅兩個月後，十一月三十日，父親突然收到解除召集的通知。換句話說是退伍，可以回到民間的意思。說到十一月三十日，其實就是襲擊珍珠港的八天前。如果到開戰之後，應該就不可能那樣從寬處理了。

聽父親說，他是托一位長官的福而撿回一條命的。當時是上等兵的父親被長官叫去，說「你身為京都帝國大學的學生，與其留在軍中，不如在學問上精進更能報效國家」，因而解除他的兵役。我不知道，這種事情是不是一個長官就可以裁決的。基本上不是理科生，而是文科生的父親。回到大學，在那裡學作俳句，就能「報效國家」（若不是以相當長遠的眼光和堅忍的耐性來看）這種事情實在難以想像。父親並沒有多說，但可能還有其他更細微的原因。但無論如何，他就在那時除役恢復自由之身。

……這是我小時候聽來——記憶中曾經聽過——的事

情。雖然是很有意思的插曲，但遺憾卻與事實並不相符。因為我試著查過京都大學的「學生名簿」，父親在京都大學文學科的入學時間是在一九四四年十月。那麼「你身為京都帝國大學的學生」這話就不通了。可能是我的記憶有什麼地方模糊了。或者那是聽母親說的，而母親記錯了。但事到如今也無法確認真實性了。因為現在母親的記憶幾乎已經處於完全混亂的狀態。

總之，根據紀錄父親是一九四四年十月在京都帝國大學文學科入學，四十七年九月畢業（戰前的大學是三年制，但戰時的特例也有在十月入學，九月畢業的學生）。從一九四一年秋退伍，到京都帝國大學文學科入學為止的期間，從二十三歲到二十六歲為止的三年之間，他在什麼地方做什麼，我不知道。他可能一邊在老家的寺院幫忙，一邊寫作俳句，並努力讀書準備考進大學。不過這只是我的想像，事實如何並不清楚。這也成為一個謎。

父親退伍離隊之後，太平洋戰爭隨即拉開序幕。當時駐紮在滿洲的第十六師團便搭上運輸艦準備進攻菲律賓。於是第二十連隊在一九四一年十二月二十四日試圖於呂宋島東部的拉蒙灣在敵前登陸，卻遭遇美國與菲律賓聯合部隊的激烈抵抗。在這次戰役中，在柏林奧運中與撐竿跳選手西田修平共享第二名與第三名的大江季熊（少尉），胸部中彈身亡。出身舞鶴的他，就在恰巧也在一起服役的兄長軍醫懷中斷氣。

付出如此慘烈的犧牲，終於在呂宋島登陸的師團，又獲令立刻出動攻打重要據點巴丹半島，但在擁有壓倒性優勢的美軍火力之下遭遇到毀滅性的打擊。美軍撤出馬尼拉避開決戰，宣布該都市為「不設防城市」讓日軍進城並未抵抗，九個師團、八萬兵力便這樣保存下來固守在半島的山中。參謀本部低估了在巴丹半島緊密配置防衛線的美軍戰力，在裝備不全的情況下就把戰鬥部隊送上前線，因此造成悲慘的結果。他們在叢林中反而受到包圍，遭遇猛烈的集中砲火攻擊，被最新銳的戰車群蹂躪。據《福知山連隊史》記載，一九四二年二月十五日步兵第二十連隊，含連隊長在內倖存者不過三百七十八名。其他文獻則簡潔地寫道師團「幾乎全滅」。

一個士兵留下這樣的手記：「（前略）因情況誤判，加上作戰上的失誤，而使得我方戰友平白傷亡許多，有槍枝沒有子彈，人員缺乏糧食，步兵以陣地為枕，砲手以砲當枕，最終化為護國之鬼的巴丹半島，正是培育出福知山連隊的鄉親永久難忘之地。」

這樣極盡困難的巴丹攻略戰在同年四月初終於結束之後，「幾乎全滅」的第十六師團又以獲得補充兵力而整編，成為駐紮在首都馬尼拉的防衛部隊。雖然主要討伐菲律賓各地游擊隊，但在戰局惡化的一九四四年四月，被送進馬尼拉南方的重要據點雷伊泰島，成為負責當地防衛的中心。

接著在同年十月二十日，與美軍大規模登陸部隊進入全面交戰狀態，同月二十六日幾乎被殲滅。當地軍方與大本營之間，對於要在呂宋島或在雷伊泰島防禦美軍進攻菲律賓，意見產生激烈對立，被倉促配置到雷伊泰島的部隊在沒有準備好的情況下投入戰鬥，被認為是敗退的主要原因。

第十六師團受到猛烈的艦砲射擊，加上和登陸部隊在海灘的戰鬥中失去半數人員，後來雖退到內陸部分進行抵抗，但補給路線被完全切斷，後方又遭游擊隊襲擊。四散的敗殘兵士因飢餓或瘧疾而倒下。據說還有食人肉的情況。這是一場沒有勝算，前所未見悲慘至極的戰爭，當初總人數一萬八千名的十六師團，生存者僅剩不過五百八十名。戰死率實際超過96％。正是所謂的玉碎。也就是說福知山步兵第二十連隊在戰爭初期和末期，經歷了兩次「幾乎全滅」的情況。應該可以稱為命運悲慘的部隊吧。

父親會說「撿回一條命」，可能是指身為第五十三師團的一員，在戰爭末期沒有被派到極悲慘的緬甸戰線吧。但在巴丹島或雷伊泰島化為屍骨的，過去第十六師團的同袍們，想必還一直留在他的腦海裡。這是十分可能的假設，如果父親在命運的安排下，和過去所屬第十六師團的部隊一起被送到菲律賓，無論是哪個戰場，應該可以確定——不是巴丹就是雷伊泰島，不是雷伊泰島就是巴丹——已經戰死了吧，那麼一來，當然我也就不會存在這個世界上了。應該說「很幸運」吧，不過只有自己一個人保全性命，過去同袍們卻都在遙遠的南方戰場無謂地喪失性命（那遺骨，可能有不少現在還暴露在荒野中），那對父親來說，一定已成為心中巨大的痛，深切的愧疚。想到這裡，父親每天清晨長時間的閉目專心念經的事，讓我重新感到可以理解了。

順便一提，在京都大學就讀的學生時代，父親依然專心投入俳句，加入「京大杜鵑會」的社團，熱心參加活動。好像也和《京鹿子》俳句雜誌的發行有些關係。我記得家中壁櫥裡《京鹿子》雜誌堆積如山。

進了京都大學後，父親在昭和二十年六月十二日再度接到召集令。這是第三次的兵役。但這次所屬部隊既不是第十六師團，也不是後來成立的第五十三師團。這兩個師團都潰滅了，已經不存在了。這次他以上等兵被分發到的單位是中部的一四三部隊，負責國內勤務的部隊，駐紮於何處並不清楚，據說是汽車部隊，可能還是與輜重有關的單位。不過在那兩個月後的八月十五日戰爭結束，十月二十八日正式除役，再度回到大學。無論如何，父親總算從那巨大的悲慘戰爭中活下來了。當時他二十七歲。

我生在昭和二十四年，一九四九年一月。他在昭和二十二年九月通過學士考試，進入京都大學文學部的研究所，但因為年紀已經不小，又結了婚，在我出生之後，他不得不中途放棄學業，為了賺取生活費，在西宮市的甲陽學院，找到擔任國語教師的工作。父親和母親是在什麼樣的緣分下結婚的，詳細情形我並不清楚。兩個人所住的地方相距並不算近的京都和大阪，因此可能是有共同認識的熟人介紹的。母親原來另有預定結婚對象（是音樂教師），但據說在戰爭中去世。而且母親的父親（我的外祖父）在大阪船場地區的店，在美軍的轟炸中完全燒毀。她還一直記得，在格魯曼艦載機的機槍掃射下，在大阪街頭到處逃難的事。和父親的情況相同，戰爭也大大改變了母親的人生。不過托這個福——可以說——我才能存在在這裡。

總之我出生在京都市的伏見區。不過在我懂事的時候，已經搬到了兵庫縣西宮市的夙川。然後十二歲時再搬到鄰近的蘆屋市。因此雖然出生在京都，但我自己實際感覺上，和心理上，就成為出身在阪神間了。雖然說起來同樣是關西，京都、大阪、神戶（阪神間），語言卻有微妙的差異，對事物的看法和想法也各自不同。在這層意義上我對風土的感受性，和京都生長的父親，大阪生長的母親，或許可以說各自屬於不同領域。

現在九十六歲還健在的母親也是國語教師，畢業於大阪的樟蔭女子專門學校國文科畢業，曾在母校（應該是樟蔭高等女子學校）執教鞭，因結婚而辭去教職。順便一提，我記得一九六四年田邊聖子女士獲得芥川獎時，母親看到報紙，還說「啊，我跟她很熟呢」。因為田邊女士也是樟蔭女子專門學校出身的，或許在什麼地方曾經結緣。

根據母親的說法，年輕時候的父親生活相當糟糕。可能戰爭的嚴酷體驗還留在體內吧，人生總是朝向違背自己心願的方向轉的挫折感，一定讓他相當不好過。經常喝酒，有時好像也會打學生。但隨著我的成長，他那樣的脾氣和行動好像也逐漸變溫厚了。有時鬱悶、不開心、酒也會喝過頭（母親也常因此抱怨），但身為兒子，他在家裡幾乎沒有讓我感覺討厭的記憶。可能各種想法，在他心中逐漸安靜地悄悄沉澱下來，顯示出適度的收斂吧。

作為一個教師，極公平地看來，我認為他是相當優秀的教師。父親去世時，非常多以前的學生前來祭弔，我也為那人數感到相當驚訝。看來他似乎也相當受到學生們敬愛。父親的學生很多當上醫生，因此在他與病痛苦鬥的生活期間，也承蒙他們親自細心的照顧。

此外，母親以教師來說似乎也很優秀，生了我成為專業主婦之後，從前的學生們（說起來年齡和母親相差不多）還常到家裡來玩。不過我自己不知怎麼好像不太適合當老師。

小時候，對父親的記憶，那就是經常一起去看電影。星期天早晨起床，翻開報紙，看看附近的電影院放映什麼片（現在不知道怎麼樣，當時的西宮有幾家電影院）如果有可能好看的就會騎腳踏車去看。幾乎都是美國電影，大多是西部片或戰爭片。父親雖然不談自己的戰爭經驗，但似乎不排斥看戰爭電影。因此一九五〇年代上映的戰爭電影和西部片我都記得比較清楚。我想約翰福特的電影我都看過。溝口健二的《赤線地帶》、《新・平家物語》和豐田四郎的《濹東綺譚》等，卻因為「這不適合小孩看」這個理由，就只父親和母親兩個人去看，還記得我被留在家裡看家（不過當時還不知道哪裡不適合小孩看）。

我們也常一起去甲子園球場看棒球賽。父親到死之前都還是熱情的阪神老虎隊迷，阪神輸球時會非常不開心。我會中途開始不再支持老虎隊，可能也因為這個。

當了老師以後，父親對俳句的熱情依然不減。書桌上經常放著古老的真皮封面季語集，一有空閒就會翻閱。對父親來說，季語集可能像基督徒的聖經般重要。也出過幾本俳句集，但現在沒有看到。那些書究竟都到哪裡去了呢？他還在學校召集學生組成俳句同好會，指導對俳句有興趣的學生，也會舉辦俳句會。還是小學生的我，也曾跟著父親去參加過幾次活動。有一次爬山順便到滋賀縣的石山寺山中，借用據說芭蕉曾經一時住過的山中古庵，舉行俳句會。不知道為什麼，我到現在都還清楚記得，那天下午的情景。

父親心中，可能有將自己人生中無法達成的事情，寄托在我這個獨生子我身上的想法吧。然而，我隨著成長卻逐漸形成自己特有的自我，和父親之間心理上的摩擦逐漸增強，變得更明顯。而且我想我們兩人個性都很強。彼此都不那麼容易退讓。自己的想法又無法直接表達，這點或許我們倒是很像。無論好壞。

關於這種父子間的糾葛，具體方面我不太想多說，在這裡只簡單觸及。因為要細說從頭，說來話長，會變得太瑣碎。不過以結論來說，從我年輕時就結婚、就業開始，和父親的關係就完全疏遠了。尤其我成為職業作家之後，出現許多複雜的情況，關係變得不自然，最後甚至接近斷絕關係的狀態。超過二十年完全沒有見面，除非有重大事情否則幾乎也沒開口說話，持續處於沒有聯絡的狀態。

我和父親成長的時代背景和環境都不一樣，想法不同，

對世界的看法也不同。這是當然的事。人生如果能在某個時間點，從這些地方去試著重新改變關係的話，事情或許會稍微不同。但對我來說，與其花時間去尋找這種新的接點，不如暫且把力量和精神集中去做自己想做的事。我還年輕，很多事等著我去做，因為腦子裡擁有自己該努力追求的明確目標。與顧慮血緣這麻煩的束縛相比，那些事項對我而言要遠遠重要得多。而且不用說，我當然也有自己必須保護的小小家庭。

我和父親終於見面談話，是在他去世前不久的事。那時候我將近六十歲，父親剛迎接九十歲。他在京都的西陣醫院住院。得了嚴重的糖尿病，癌細胞轉移到身體各部位，原來算是體格強壯的人，已經變得瘦骨嶙峋形容憔悴，看起來簡直像變了另一個人。這時父親和我——在他人生的最後，極短暫的期間——我們做了尷尬的對話，算是做了和解。就算想法不同，世界觀不同，但連繫我們之間的緣般的東西，成為一股力量在我心中發揮作用。沒錯，看到眼前父親瘦弱的模樣，不得不感覺到這件事。

例如我們在某個夏天，曾經一起騎腳踏車到香爐園的海邊，去拋棄一隻條紋母貓。然後我們一起發現，被那隻貓輕易超越了。不管怎麼樣，那是一個美好的、謎樣的共同體驗。不是嗎？當時海邊浪濤的嗚聲，吹過防風林松樹的風中香氣，我到現在還清楚記得。這一件又一件小小事物的無限累積，從過去到現在形成我這個人。

父親去世後，像要追溯自己的血緣般，我見了很多和父親有關係的各種人，聽他們一點一點談到他。

我不知道這種個人性的文章能引起一般讀者多少關心。但因為我是一個只能透過動手，實際寫成文章才能思考事情的人（天生不擅長抽象的、觀念性的思索），有必要這樣追溯記憶，回顧過去，將那轉換成眼睛看得見的文字，能出聲閱讀的文章。而且這種文章寫得越多，重讀越多次，竟被自己逐漸變透明的不可思議的感覺所襲。把手伸向空中對著光看時，甚至感覺微微可以看透到對面似的。

如果父親沒有除役而被送到菲律賓，或緬甸的戰線……如果母親那位音樂教師的未婚夫沒有在何處戰死的話……這樣想下去心情就變得非常不可思議。因為如果那樣，我這個人就不存在在這個世上了。而且結果，我的這個意識當然便不存在，從而我所寫的書也不存在在這個世界。想到這裡，我身為小說家活在這裡的營為本身，也就成為缺乏實體的虛無幻想了。我這個個體所擁有的意義，也逐漸變得模糊不清。即使手掌看來變透明了也不足為奇。

小時候，還有一件關於貓的回憶。我記得這在以前的某一篇小說中，當成插曲寫過。這次再寫一次，是以一件事實來寫。

我們養過一隻白色的幼貓。家裡為什麼會養這隻小貓，已經不記得了。因為我小時候，有各種貓到我家來了又離去。不過我還清楚記得那是一隻毛長得非常美的，可愛的小貓。

有一天傍晚，我坐在簷廊時，看著那隻貓就在我眼前俐落地爬上松樹（我家庭院裡長著一棵蒼勁的松樹），簡直像在向我炫耀自己有多勇敢，多靈活似的。小貓輕快得驚人地爬上那樹幹，身影消失在更上方的樹枝裡。我一直盯著眺望那光景。但不久小貓開始發出求救似的可憐叫聲。雖然試著爬到高處去了，卻害怕得下不來了吧。貓雖然擅長爬樹，卻不擅長爬下來。但小貓並不知道這件事。只顧一口氣往上爬，但知道自己來到多高的地方後，卻害怕得腳軟了吧。

我站在松樹下往上看，卻看不見貓的身影，只聽到那細小的聲音而已。我找父親過來，說明事情的經過。問他能不能想辦法幫助小貓，但父親也沒辦法。那麼高的地方有梯子也搆不到。貓就那樣拚命叫著不停求救，太陽逐漸下沉。終於黑暗完全覆蓋了那棵松樹。

那隻小貓後來怎麼樣了，我不知道。第二天早晨起床時，已經聽不見叫聲。我朝向松樹上方，試著叫了幾次貓的名字，但沒有回應。那裡有的只是沉默。

那隻貓可能在夜裡想辦法下來，就那樣不知去向（會去哪裡呢？）。或無法下來，就那樣在松樹的枝頭間疲憊得聲音也出不來，時間過去就衰竭而死了。我常坐在簷廊一邊仰望那棵松樹，一邊想像。想像那小爪子抓在那樹枝上，拚命緊緊抓著，就那麼死掉變乾的小白貓。

那是我小時候，有關貓的另一件印象深刻的回憶。而且那留給還幼小的我一個活生生的教訓。「下來，要比上去困

難得多」這件事。如果更一般化來說，就成為——結果會很乾脆地吞沒原因，化為無力。那有些情況會殺死貓，有些情況也會殺死人。

無論如何，我在這篇個人性的文章中最想說的，只有一件事。只有一個當然的事實。

那就是，這個我只是一個平凡人，一個平凡兒子而已的事實。那是極平常的事實。但如果靜下來耐心把那事實往下挖的話，卻會漸漸明白其實那只是一個偶然的事實而已。我們終究，只是把偶然所碰巧產生的一個事實，視為獨一無二的事實活著而已，不是嗎？

換句話說，我們只是朝向廣袤的大地降下的龐大數量的雨滴的，無名的一滴而已。雖然是獨特的，卻也是可能交換的一滴。但那一滴雨水，也有一滴雨水的心思。有一滴雨水的歷史，有將其傳承下去的一滴雨水的義務。我們應該不要忘記。就算那會在什麼地方被瞬間吸收，失去身為個體的輪廓，轉換成某種集合消失而去。不，應該這麼說。正因為那會被轉換成一個集合。

我現在還常常會想起夙川的家，庭院裡生長的那棵高大的松樹。想起可能一邊在那樹枝上化為白骨，仍像殘存的記憶般緊緊抓著那裡的小貓。並想到死，尋思要垂直向下回到那距離遠到令人暈眩的地面有多難。

後記

歷史的小碎片

老早以前我就想著，先父的事，必須整理成一篇完整的文章才行，但歲月就在難以下筆的情況下流逝。因為要寫親人的事情（至少就我而言）會有負擔，而且也無法適當掌握該從什麼地方，如何開始寫起才好。就像魚刺鯁在喉嚨那樣，長久記掛在我心裡。不過我忽然想起小時候，和父親一起去海邊拋棄貓的那件事，從那裡開始下筆之後，文章竟然出乎意料順利而自然地出來了。

這篇文章中我想表達的一點是，戰爭這種事會為一個人——一個極普通的無名市民——的生活方式和精神造成多大的多深的改變。而那結果就是，這裡有我這麼一個人。即使父親的命運只是走上稍微不同的路徑，我這個人應該根本就不會存在了。所謂歷史就是這麼回事——從無數的假設之中所帶來的，一件冷酷的現實。

歷史並不是過去的事情。那會在意識的內側，或無意識的內側，化為有溫度有生命的血液，不容分說流向下一個世代。在這層意義上，在這裡所寫的雖然是個人的故事，但同時也是形成我們所生活的這個世界全體的大故事的一部分。儘管只是極小的一部分，但依然是一個碎片的事實，則不會錯。

不過我並不想把那當成一個「訊息」來寫。只想以歷史的一個角落的一個無名的故事，盡可能依照原樣提示出來而已。而且過去在我身邊的幾隻貓，也在那故事之流的背後，悄悄支持著我。

因為是篇短文，要以什麼形式出版，讓我相當猶豫，最後決定以一本獨立小冊的形式，附上插畫出版。畢竟從內容和文章的調性來看，也很難和我所寫的其他文章搭配。至於畫的部分，台灣的年輕女性插畫家高妍的畫風令我感動，於是決定全部交給她處理。她的畫作有一種令我懷念的不可思議的感覺。

關於各種事實的確認，在雜誌初次刊登時，獲得「文藝春秋編輯部」的支援，在這裡深深感謝。

村上春樹

二〇二〇年二月

初出「文藝春秋」二〇一九年六月號

AIP0993

棄貓 關於父親，我想說的事

猫を棄てる 父親について語るとき

作　者——村上春樹
繪　者——高妍
譯　者——賴明珠
編　輯——黃煜智
行銷企劃——吳儒芳
校　對——張致斌　魏秋綢
美術設計——蔡南昇　金彥良

總 編 輯——胡金倫
董 事 長——趙政岷
出 版 者——時報文化出版企業股份有限公司
108019台北市和平西路三段240號四樓
發行專線——（02）2306-6842
讀者服務專線——0800-231-705
（02）2304-7103
讀者服務傳真——（02）2304-6858
郵撥——1934-4724時報文化出版公司
信箱——10899臺北華江橋郵局第99號信箱

時報悅讀網——http://www.readingtimes.com.tw
思潮線粉專——https://www.facebook.com/trendage
法律顧問——理律法律事務所　陳長文律師、李念祖律師
印　刷——金漾印刷有限公司
初版一刷——2020年9月25日
初版五刷——2024年5月9日
定　價——新台幣380元
（缺頁或破損的書，請寄回更換）

棄貓：關於父親，我想說的事 / 村上春樹著；賴明珠譯. -- 初版. -- 臺北市：時報文化，2020.09
104面；12*18公分

譯自：猫を棄てる：父親について語るとき
ISBN 978-957-13-8358-3(精裝)

861.67　　109012932